Vente du Samedi 22 Décembre 1906

HOTEL DROUOT — SALLE N° 10

N° 209 du Catalogue.

PEINTURES — DESSINS
ESTAMPES

M⁰ MAURICE DELESTRE   M. LOYS DELTEIL

IMPRIMERIE

FRAZIER-SOYE

153-155-157, Rue Montmartre

PARIS

CATALOGUE

DES

PEINTURES

DESSINS

ESTAMPES

———

PIÈCES SUR LES SPORTS

ÉCOLE FRANÇAISE DU XVIIIᵉ SIÈCLE

EAUX-FORTES MODERNES

dont la vente aura lieu

à Paris, HOTEL DROUOT, Salle Nº 10

Le Samedi 22 Décembre 1906

à 2 heures 1/2 précises

———

Par le ministère de

Mᵉ MAURICE DELESTRE, Commissaire-Priseur

5, Rue St-Georges

Assisté de M. LOYS DELTEIL, Artiste-Graveur, Expert

22, rue des Bons-Enfants

CONDITIONS DE LA VENTE

Elle sera faite au comptant.

Les adjudicataires paieront *dix pour cent* en sus des prix d'adjudication.

M. Loys Delteil remplira les commissions que voudront bien lui confier les amateurs ne pouvant y assister.

MM. les amateurs pourront visiter la collection, 22, *rue des Bons-Enfants*, du Lundi 17 Décembre au Vendredi 21, de 2 heures à 5 heures.

POUR PARAITRE LE 15 FÉVRIER 1907

Le Peintre-Graveur Illustré

(XIXe & XXe SIÈCLES)
par
L O Y S   D E L T E I L

TOME II consacré à CHARLES MERYON

et contenant la biographie du Maître, le Catalogue raisonné de son œuvre gravé et le fac-similé de toutes les pièces décrites

1 volume in-4° d'environ 200 pages, orné de portraits de MERYON, d'environ 170 fac-simile et d'une eau-forte originale de MERYON.

Justification du Tirage :

40 Exemplaires de luxe avec une eau-forte originale de MERYON (*Le Bain-froid Chevrier*). . . . . **40** francs
400 Exemplaires avec l'eau-forte de MERYON . . **20** —
200 — sans l'eau-forte. . . . . **14** —

A l'apparition de l'ouvrage, le prix en sera porté, pour les exemplaires de luxe, à **50** francs, et pour les exemplaires ordinaires à **25** et **20** francs.

BULLETIN DE SOUSCRIPTION

(A renvoyer à M. LOYS DELTEIL, 22, rue des Bons-Enfants)

Je, soussigné, déclare souscrire à_____exemplaire du Tome IIe du PEINTRE-GRAVEUR ILLUSTRÉ, au prix _____ francs l'exemplaire.

Signature et Adresse :

LETTRE OUVERTE A MM. LES AMATEURS

Nous prions instamment MM. les Amateurs possédant des eaux-fortes de MERYON, de vouloir bien nous les signaler pour notre travail, en nous envoyant la désignation des pièces et des états les plus remarquables renfermés dans leurs collections.

L. D.

LE PASSE-TEMPS · · · OBLIGEANT

N° 184 du Catalogue.

DESIGNATION

ADRESSE

1. *Cor, Graveur du Roy, en la Monnoye de Nantes.*
Belle épreuve. Très rare.

ALDEGRAVER (H.)

2. Les Danseurs de Noce (160-171). Suite complète de
12 pl. Belles épreuves.

3. Helle (Alb. van) (B. 186). Belle épreuve.

ALIX (P.-M.)

4. Racine (J.) — Voltaire — Pie VII. Trois pièces *imp. en couleurs.*

ALMANACH

5. Nouveau Calendrier de la République Française, 2ᵉ année (1793), 2ᵉ feuille, par Queverdo avec les pᵗˢ de Chalier et de Barra. Belle épreuve.

BAUDOUIN (d'après P.-A.)

6. *Ji vais,* par L. M. Bonnet (E. B. 26). Très belle épreuve du 1ᵉʳ état, *impr. en couleurs,* encadrée, cadre ancien.

BÉGA (C.)

7. Sujets divers. Dix pièces. Belles épreuves.

BLÉRY (Eugène)

8. Paysages, 1840. Suite de dix pièces sur chine.

BOILLY (d'après L.)

9. La Jardinière, par Tresca. Épreuve tirée en bistre.

BONNET (L. M.)

10. L'Amour prie Vénus — Vénus enflammée par l'Amour — L'Amour offrant son cœur à Vénus. Trois pièces d'ap. F. Boucher, *impr. en couleurs* (sans marges).

11. La Joueuse de guitare — La Lettre. Deux pièces ovales, *impr. en couleurs.*

BOUCHER (d'après F.)

12. La Chasse, par Beauvarlet. In-fol. Très belle épreuve, *avant toute lettre.*

13. La Rêveuse, par Beauvarlet. Belle épreuve, toutes marges.

14. Sujets divers. Neuf pièces par Aveline, Gaillard, Duflos, etc., une *avant la lettre.*

BRACQUEMOND (Félix)

15. Guichard (Joseph), coiffé d'une calotte (B. 58). Très belle épreuve. Très rare.

16. Le Haut d'un battant de porte (110). Belle épr. sur japon, avec la date de 1865.

17. Sarcelles (111). Très belle et rare épreuve du 3° état, *avant la lettre*, et *avec* l'adresse de Delatre, *rue de Bièvre*.

18. Un Coin de basse-cour (137). Très belle épreuve. De toute rareté.

19. La Pépie (139). Très belle et très-rare épreuve du 1er état.

20. Le petit Pêcheur à la ligne (162). Très belle épreuve. Très-rare.

21. Un Rappel (163). Très belle épreuve d'état. Rare.

22. Eau-forte d'apr. Fragonard (244) — Gorge dans les rochers, d'apr. J. Laurens (246), épr. *avant le personnage*. Deux pièces. Très belles épreuves.

23. Coucher de Soleil — Le Cheval blanc. Deux pièces, d'apr. Corot (251-252). Deux pièces. Belles épreuves.

24. Moutons parqués, d'apr. Brendel (255). Très belle épreuve. Rare.

25. Titre : Eaux-fortes par Bracquemond (133) — Le Corbeau — Baudelaire (10 et 13). Quatre pièces.

BROWN (John-Levis)

26. Cavalier au cheval gris (G. Hediard 16). Lith. *imp. en couleurs*. Très rare épreuve d'essai, avec *dédicace*.

BUHOT (Félix)

27. Une Matinée d'hiver au Quai de l'Hôtel-Dieu (G. B. 123) épr. *avant la lettre* — La Fête Nationale au Bd Clichy (127). Deux pièces. Belles épreuves.

CARESME (d'après Ph.)

28. L'Aveugle trompé, par Wossenik. Belle épreuve *imp. en couleurs.*

CHARDIN (d'après)

29. Le Benedicite, par Elis. Marlié-Lépicié (5 B.) Belle épreuve.

30. Etude du Dessein, par Le Bas (18). Belle épreuve.

31. La Gouvernante, par Lépicié (E. B. 24). Très belle et très rare épreuve d'un 1ᵉʳ état, *non décrit, avant toute lettre.* Encadrée.

32. Le Négligé ou Toilette du Matin, par Le Bas (38). Bonne épreuve.

CHARLET

33. Sujets divers. Quatre-vingt pièces.

CHAUVEL (Th.)

34. Cahier de six eaux-fortes. Très belles épreuves. Rares.

CLAESSENS (L.-A.)

35. Aspettare E. d'après Coclers. Très belle épreuve.

CRANACH (L.)

36. Mélanchton, en pied, 1561 (B. 153). Belle épreuve.

DAUBIGNY (C. F.)

37. Le Buisson, d'apr. Ruisdaël. Belle épreuve, *avant la lettre.*

DAUMIER (H.)

38. Cavalerie légère (H. et L. D. 224 RR). Belle épreuve.

DELACROIX (Eug.)

39. La Fiancée de Lammermoor (A. M. 48). Très belle épreuve du 1ᵉʳ état.

40. Hamlet (76-91). Suite complète des 16 pl. (2ᵉ édition, 1864), avec la Table, en 1 vol. in-fol. cart.

DESBORDES (Constant)

41. Portrait de l'artiste ? Lithographie (vers 1818). Très belle épreuve. Rare.

DESBOUTIN (M.)

42. La Belle Judith, épr. avec *dédicace*, rare — Sand (George). Deux pièces. Belles épreuves.

DESNOYERS (A. Boucher)

43. La Vierge à la Chaise, d'apr. Raphaël (H. B. 6.). Belle épreuve.

DIVERS

44. Allégorie sur la Banque de Law, par B. Picart — Le Savant et la Vie, par H. Hermann — Les Laveuses, par F. Reynaud — Ecce Diabola Mulier, d'après Rops — L'Extase, par G. Noury (avec croquis aquarellés en marge) — Rendez-vous de chasse, par L. Gautier, d'apr. Rosa Bonheur, épr. avec remarque sur parchemin, etc. Sept pièces. Belles épreuves.

45. Portraits — Vues de Paris — Paysages. Vingt pièces, par J. Dupré, O. de Penne, J. de Goncourt, Gavarni, etc.

45 *bis*. Sujets divers — Paysages. Quatre-vingt-quinze pièces, une partie du XVIIIᵉ siècle.

DREVET (P.)

46. Lambert (Hélène), d'apr. N. de Largillière. In-fol.

DURER (Alb.)

47. S¹ Hubert (B 57). Bonne épreuve (très légèrement rognée).

48. L'Oisiveté (70), épreuve sur papier au P gothique.

EAUX-FORTES MODERNES

49. Le Cavalier, par Mᵐᵉ O'Connell, 1849, épr. avec *dédicace* — Paysage, par M. Lalanne, épr. avec *dédicace* — Souvenirs de voyage, par J. Jacquemart — Un Huhlan, par E. Detaille. Quatre pièces. Belles épreuves, *avant la lettre*.

50. Sujets divers et Paysages. Treize pièces par Meryon, Jongkind, Ch. Jacque, M. Libermann, etc. plusieurs *avant la lettre*.

51. Sujets divers et Paysages. Seize pièces par Daubigny, Desboutin, Bastien-Lepage, Lalanne, etc., plusieurs *avant la lettre*.

52. Sujets divers et Paysages. Vingt-sept pièces par Appian, Feyen-Pèrrin, etc., plusieurs *avant la lettre*.

53. Sujets divers et Paysages. Cent dix-huit pièces extraites de *l'Eau-forte en 1876* et suiv., plusieurs *avant la lettre*.

ECOLES ANCIENNES

54. Sujets divers et portraits. Vingt-et-une pièces par ou d'après Durer, Aldegraver, Hopfer, P. Molyn, etc.

55. Sujets religieux — Paysages – Animaux. Vingt-sept pièces par A. Cuyp, Stoop, Dusart, Castiglione, etc.

56. Sujets divers — Paysages — Animaux. Douze pièces par Berghem, S. Rosa, Laer, Ostade, etc.

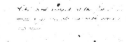

N° 39 du Catalogue.

ECOLE FRANÇAISE (xviii° siècle)

57. Mlle Colombe — Mlle Desbrosses. Deux petites pièces rondes, *impr. en couleurs.* Belles épreuves.

58. Les Trois Grâces, fontaine, eau-forte de Ch. Esien, rare Gênoise, par Moitte, d'apr. Greuze — L'Apprêt du Bal (chez Ch. Bance) — La Chanteuse du village, par Choubard, d'apr. Bodin. Quatre pièces. Belles épreuves.

59. Petit Vauxhall, par Wille fils — L'Amant muletier, par Maradan, d'apr. Drolling — Le Concert, d'apr. St-Aubin (héliogravure) — Vignettes, d'apr. Cochin, Moreau, Greuze — Clotilde de Bourbon, en prières, *avant la lettre.* Neuf pièces. Belles épreuves.

60. Les Apprêts du Bal — L'Elève de l'Amour — La jeune Initiée — *Primi delicti....* — Euphrosine — Paul et Virginie — L'Heure du Rendez-vous — Les Baigneuses — L'Amant poëte. Dix pièces d'apr. Boilly, de Troy, Mlle Gérard, etc., deux *impr. en couleurs.*

61. La Vertu sous la garde de la fidélité — La Surprise agréable — Le Serment d'Amour. — L'Amour frivole — Le Repos, etc. Neuf pièces d'apr. Fragonard, Eisen, Raoux, Baudouin, Le Prince, etc.

62. Sujets divers. Vingt pièces, plusieurs *impr. en couleurs* ou *coloriés.*

63. Paysages et Vues. Huit pièces d'apr. H. Robert, Pernet, Sergent, Watts, etc., *impr. en couleurs.*

·. Sujets divers. Trente-huit pièces, d'apr. Boucher, Pater, Huet, Watteau, etc., plusieurs *impr. en couleurs.*

ELLUIN

65. La Ruette (Mlle T^{te} F.), de la Comédie Italienne, d'apr. Le Clerc. Très belle épreuve.

ESTAMPES JAPONAISES

66. Sujets divers. Cinq tryptiques et trois pl.

FRAGONARD (d'apr. H.)

67. La Famille du Fermier, par Marillier et Romanet. Très belle épreuve *avant la lettre* (une draperie dessinée à la plume recouvre le sein de la jeune femme). Encadrée.

GAILLARD (C. F.)

68. Hubin (le Père) — Pie (Mgr.). Deux pièces. Belles épreuves avant la lettre sur chine.

GAVARNI

69. Portraits : Gavarni — Chandellier — Villenave — Arnal — Lanoue (G. de), etc. Huit pièces, plusieurs rares.

70. Sujets divers — Titres de romances, etc. Soixante pièces. *Ce n° pourra être divisé.*

70 *bis.* Sujets divers. Cent quatre-vingt pièces.

GILLOT (d'après Claude)

71. Les Passions, par Audran. Suite de quatre pièces. Belles épreuves (cassure à une pl.).

GOLTZIUS (H.)

72. Orange (Guill. P^re d') (B. 178). Belle épreuve.

GRAVURES MODERNES

73. Meissonier, par Danguin, d'apr. Meissonier — Fiançailles du Doge avec l'Adriatique, par Ch. Courtry, d'apr. Guardi — Port de Sorrento, par Devilliers — Tête de Femme, par Pal — Incroyable, par G. Fouquet, d'apr. Van den Bos. Cinq pièces. Très belles épreuves, trois *avant la lettre.*

GREUZE (d'après J. B.)

74. La Fille confuse. Belle épreuve *avant la dédicace*.

75. La Vertu chancelante — La Cruche cassée. Deux pièces par J. Massard (la 2ᵉ pièce, réimpression de Dalenne).

GREVEDON (H.)

76. Têtes de Fantaisie. Treize pièces, la plupart *coloriées*.

HELLEU

77. Carlier (Mˡˡᵉ Madeleine). Grand in-fol. Très belle épreuve, *signée*.

HENRIQUEL-DUPONT (L. P.)

78. Brongniart (A.) (B. 79). Très belle épreuve, *avant la lettre*.

HOGARTH (d'apr. W.)

79. Coram (Th.), par J. M. Ardell, 1740. In-fol. Belle épreuve.

HUET (d'après J. B.)

80. Les Petits Gourmands, par Bonnet. Belle épreuve, *imp. en couleurs*.

ISRAËLS (Josef)

81. Enfants sur la plage. Très belle épreuve *avant la lettre*.

JACQUE (Ch.)

82. Paysages — Animaux. Vingt-huit pièces. Belles épreuves.

JANINET (J. F.)

83. Les Trois Grâces, d'après Pellegrini. Belle et rare épreuve, *avant la lettre et avant la guirlande de roses, impr. en couleurs.*

KRATKÉ (Charles-Louis)

84. Le Moulin, d'après Decker. Grand in-fol. Très belle épreuve *avec remarque, sur parchemin, signée.*

LAUTREC (H. de Toulouse.)

85. Aryen et Sémite — Mendiant à Paris. Deux pièces sur Japon, *signées.*

LE BRUN (d'après)

86. La Toilette de la Mariée ou le jour désiré, par Dambrun. In-fol. Très belle épreuve.

LE FEBVRE (Mme Eleonore)

87. Le Pauvre jeune homme! d'après E. Victoire. Très belle épreuve.

LEYDE (Lucas de)

88. Samson et Dalila (B. 25) épr. *sur papier au P. gothique (mal conservée).*

89. Virgile suspendu dans un panier (136). Bonne épreuve.

90. L'Opérateur (157). Belle épreuve.

91. Sujets divers. Vingt-et-une pièces par et d'après L. de Leyde, Aldegraver, Beham, etc.

LITHOGRAPHIES

92. Sujets divers — Voitures — Marines. Vingt-deux pièces par P. Huet, Raffet, Devéria, Isabey, H. Monnier, etc.

92 *bis.* Sujets divers — Têtes de femmes. Cent vingt-cinq pièces.

LUNOIS (Alexandre)

93. Fête sur le Guadalquivir. Très belle et rare épreuve avec *remarque*, sur japon, *imp. en couleur, signée.*

MEISSONIER (d'apr. E.)

94. La Chanson, par H. Vion. Superbe épreuve, avec *remarque*, sur parchemin, *signée.*

95. Joueur de guitare — Sous le balcon. Deux pièces par Ach. Gilbert, *avant la lettre, avec remarque* sur japon, *signées.*

96. Le Porte-drapeau — L'Homme à la fenêtre — Le Baiser. Trois pièces par Ruet, Coppier et Poterlet, avec *remarque, signées,* deux sur parchemin.

97. Solférino — Le Chant — Sur le rempart. Trois pièces, par Nargeot et Prieur, deux avec *remarque, signées.*

MERYON (Charles)

98. Le Petit Pont. Très belle épreuve *avant la lettre* (sans marge).

99. La Tour de l'Horloge. Très belle épreuve, *avant la lettre* (sans marge).

100. Tourelle de la rue de la Tixéranderie. Très belle épreuve, *avant la lettre* (sans marge).

101. S' Etienne-du-Mont. Très belle épreuve, *avant la lettre* et *avant* que les bras de l'ouvrier aient été effacés, puis regravés (sans marge).

102. La petite Pompe. Très belle épreuve.

103. Le Petit Pont. Belle épreuve *avant la lettre.*

104. Rue Pirouette. Belle épreuve.

105. San Francisco. Très belle épreuve, sur chine.

MONNET (d'après)

106. Renaud et Armide — Le Roi d'Ethiopie abusant de son pouvoir. Deux pièces par G. Vidal, faisant pendants. Belles et rares épreuves, *avant la lettre*, et *avant la draperie*.

MOREAU LE JEUNE

107. Feuilles de texte du MONUMENT DU COSTUME, édition de 1789, pour les deux suites de Moreau le jeune.

MULLER (Alf.) — LAFITTE (A.)

108. Les quatre Baigneuses — Barques à marée basse. Deux pièces *impr. en couleurs*.

NAPOLÉON Ier (Est. relatives à)

109. Bonaparte, Premier Consul, par Chataignier. In-4°. Belle et très-rare épreuve, *impr. en couleurs*.

110. *Bonaparte, pacificateur de l'Europe*, par Demachi et Villeneuve. In-fol. Très belle épreuve. Très-rare.

111. Joséphine (l'Impératrice), par Levachez fils. Epr. *impr. en couleurs* (petite tache).

112. Napoléon Ier — Marie-Louise — Le Roi de Rome. Six pièces par Le Roy, Lignon, Herhan, Manceau, une *avant la lettre*.

113. Portraits et sujets relatifs à Napoléon. Cent pièces.

ORNEMENTS

114. BRY (J. Th. de) Manches de couteaux — Dés à coudre. Quatre pièces rares. Belles épreuves.

115. DU CERCEAU, L. ROUPERT, LE BLOND, etc. Rinceaux, Vases, Motifs de bijouterie, etc. Dix-neuf pièces, plusieurs rares.

116. DUPLESSIS FILS. *Première suite de vases*. Suite de 6 pl. y compris le titre. Belles épreuves.

117. DUPLESSIS, PILLEMENT, PRIEUR, GILLOT. Vases — Panneau — Dessus de clavecin. Quatorze pièces.

118. LÉGARÉ (Gilles) Ornements de bijouterie. Six pièces rares. Belles épreuves.

119. TEMPESTA (Ant.). Grotesques. Suite de dix pièces. Belles épreuves.

PATER (d'après J. B.)

120. Le Glouton — Le Savetier, contes de La Fontaine. Deux pièces in-fol. par Filleul. Très belles épreuves du 2ᵉ état.

PETITS MAITRES

121. Sujets divers. Vingt-neuf pièces par ou d'après Beham, Pencz, Aldegraver.

PIERRE (J. B. M.)

122. Mascarade chinoise faite à Rome, le carnaval de 1735 par les Pensionnaires de l'Académie. Très belle épreuve.

PIGUET (Rodolphe)

123. Nelson (Mⁱˢ) (B. 22), épr. avec *remarque* — Parisienne, d'après Clairin, épr. *signée*. Deux pièces, très belles épreuves.

PORTRAITS

124. Provence (Cᵗᵉ de), d'après Boze, avant toutes lettres — Mˡˡᵉ Bourgoin, av' l. l. — Mˡˡᵉ Mars, par Bertrand et Girard. Quatre pièces, une *coloriée*. Belles épreuves.

125. Schmid (E.), par G. Sadeler — Lutma, par lui-même — Clusi (C.), par De Gheyn — Mathias, archiduc d'Autriche et Guillaume, Pᶜᵉ d'Orange — Nicquet, par Goltzius, etc. Six pièces.

Nº 110 du Catalogue.

126. Portraits de Louis XVI et de Marie-Antoinette. Sept pièces, deux *impr. en couleurs.*

127. Silhouettes. Quatorze petites pièces de la fin du XVIII° siècle.

128. Portraits, la plupart anciens. Vingt-trois pièces par Wierix, Pontius, Roullet, Sadeler, etc. Belles épreuves.

129. Femmes célèbres. Vingt-cinq pièces par Ceroni, d'apr. les émaux de Petitot. Belles épreuves.

130. Portraits divers, la plupart anciens. Vingt-neuf pièces, plusieurs *imp. en couleurs.*

131. Portraits divers de grand format. Un carton.

132. Lot de portraits de femmes. In-8°.

133. Lot de portraits, personnages célèbres. In-8°.

PROGRAMMES

134. Programmes, menus, invitations, etc. Deux cent-trente pièces. Belles épreuves.

REMBRANDT VAN RYN

135. Rembrandt aux cheveux courts et frisés et au bonnet plat (B. 26). Belle épreuve.

136. Tobie aveugle (42). Belle épreuve.

137. L'Adoration des Bergers (46) — Les Vendeurs chassés du Temple (69). Deux pièces. Belles épreuves.

138. La Circoncision (47). Belle épreuve du 1ᵉʳ état.

139. La Présentation au Temple ; en largeur. Bonne épreuve.

140. La Petite résurrection de Lazare (72) - Jésus et la Samaritaine (70). Deux pièces. Belles épreuves.

141. La Mort de la Vierge (99). Bonne épreuve.

142. Jonghe (Cl. de) (272). Bonne épreuve.

143. Vieillard portant la main à son bonnet (259). Belle épreuve *avant que la planche n'ait été terminée par Schmidt.*

143 *bis*. Trois têtes de Femmes, dont une qui dort. Belle épreuve.

144. Sujets divers. Six pièces. Bonnes épreuves.

145. Sujets divers. Onze pièces et une copie.

RENOUARD (Paul)

146. La Loge directoriale — Le Comparse. Deux pièces. Très belles épreuves, *signées.*

ROPS (F.)

147. Les Champs (166). Belle épreuve sur japon, *signée.*

148. Le Péché mortel (266), épr. de la pl. rayée, *signée.*

149. La Femme au trapèze (E. R. 53) — L'Oliviérade (55), épreuve *avant la lettre.* Deux pièces. Belles épreuves.

ROPS (F.) — BESNARD (A.) — BONVIN (F.)

150. Œuvres badines, de l'abbé de Grécourt — Celle qui fait celle qui lit Musset — Etude pour l'Ile Heureuse — A Dinan. Quatre pièces.

ROUSSEAUX — LEVASSEUR — LESSORE

151. Portrait, d'après Francia, 1857, épr. *avant la lettre,* avec *dédicace* — Ravissement de St Paul, d'apr. Poussin, *avant la lettre* — H. de Balzac. Trois pièces. Très belles épreuves.

SAINT-AUBIN (Aug. de)

152. Le Kain, d'apr. S. B. Le Noir — Molé (F. R.), d'apr. E. Aubry. Deux pièces. Très belles épreuves.

SAINT-ETIENNE (F.) — LAURENS (J.)

153. Paysages, Douze pièces. Très belles épreuves.

SAINT-MARCEL — BRESDIN

154. Le Berger et la Bergère conversant (L. Delteil 1)
— Bœufs traversant une mare (2) — Paysage
(Revue fantaisiste). Trois pièces. Belles épreuves.

SEM

155. Sur le Turf. Album de 29 planches coloriées.

SERVANDONI (d'apr.)

156. Plan et vue du feu d'artifice tiré à Paris le 21
Janv. 1730, entre le Louvre et l'Hôtel de Bouillon,
à l'occasion de la naissance du Dauphin, par
Dumont. 1 pl. Très belle épreuve.

SICARDI (d'apr.)

157. *Oh! che boccone!* Ovale in-fol. Très belle épreuve
imp. en couleurs.

SOCIÉTÉ FRANÇAISE DES AMIS DES ARTS

158. *Albums de la Société,* années 1894 à 1901 inclus,
soit 8 alb. renfermant ensemble 71 planches
(complet).

SPORTS (Pièces relatives aux)

159. *The Birth day team,* par Ch. Hunt, in-fol. Très
belle épreuve, *coloriée.* Encadrée.

160. *Changing Horses,* par Ch. Hunt ? In-fol. Très
belle épreuve, *coloriée.* Encadrée.

161. Jockeys sur le Champ de courses d'Auteuil. PEIN-
TURE par M. Luque. Encadrée.

162. Ballerina, jument et ses poulains. Peinture, par
Altownshead, 1895. Encadrée.

163. Promenade en calèche, dans un parc (Angleterre).
Très importante aquarelle gouachée, par J. Audy,
signée. Encadrée.

164. Rendez-vous de chasse. Importante aquarelle par
J. Audy, signée. Encadrée.

165. La Promenade en équipage. Peinture par J. Audy,
signée. Encadrée.

166. Carrosse de gala de l'époque Louis XV, aquarelle
avec rehauts de gouache, par Ch. Gourdin, 1888.
Encadrée.

167. Chaise à porteurs. Aquarelle par M. Luque. Signée.
Encadrée.

167 *bis*. Voiture de Maître. Dessin à la plume, par L.
Vallet. Sous-verre.

168. Un Arrêt, scène de l'époque Louis XIV, dessin à
la plume rehaussé d'aquarelle, par L. Vallet.
Encadré.

169. Promenade en chaise à porteur, Parc de Versailles.
Dessin à la plume rehaussé d'aquarelle, par L.
Vallet. Encadré.

170. Diligence en arrêt devant une voie ferrée. Dessin
à la plume, rehaussé d'aquarelle, par L. Vallet.
Encadré.

171. Collection Guiet—Voitures et attelages de diverses
époques. Dix-sept pl. in-fol., une avant la lettre,
avec *remarque*, par L. Vallet, coloriées et ENCA-
DRÉES. Ce n° sera divisé.

172. Chevaux de courses, costumes de jockeys, chas-
seurs, etc. Quatorze fac-simile d'aquarelles, pu-
bliés par Legras, encadrés.

172 *bis*. Phaetons, Calèches, Ducs, Demi-Daumont,
etc. Vingt-trois photographies Delton. Enca-
drées.

173. Sous ce numéro il sera vendu des photographies
relatives aux Sports, Les Champs-Elysées en
1869, etc.

THÉATRE

174. Portraits et sujets relatifs au Théâtre, 250 pièces.

TROY (d'après de)

175. L'Aimable accord, par El. Cl. Tournay. Très belle et très-rare épreuve *avant toute lettre*. Encadrée.

176. Les Apprêts du bal, par Beauvarlet. Belle épreuve.

VIGNETTES

177. Vignettes diverses, la plupart modernes. Environ 1000 pièces.

WALTNER (Ch. Alb.)

178. Jacob et l'Ange, d'apr. Gust. Moreau. Superbe épreuve avec *remarque*, sur parchemin, *signée*.

179. Portrait d'Homme âgé, d'apr. Jordaens (H. B. 13). Superbe épreuve *avant la lettre, avec la signature à la pointe*, sur japon.

WATTEAU (d'après Ant.)

180. L'Amour au Théâtre Italien, par C. N. Cochin (69). Très belle épreuve, grandes marges. Encadrée.

181. Finette, par B. Audran (E. de G. 83). Très belle épreuve. Encadrée.

182. Le Chat malade, par J. E. Liotard (E. de G. 93). Très belle épreuve, grandes marges. Encadrée.

183. La Danse paysanne, par B. Audran (E. de G. 125). Très belle épreuve. Encadrée.

184. Le Passe temps, par B. Audran (E. de G. 151). Très belle épreuve. Encadrée.

N° 185 du Catalogue.

WHISTLER (J. M. N.)

185. Le Tranquille canal (Venise). Très belle épreuve, *signée*.

WIERIX (J.)

186. Henri IV (comme roi de Navarre), rare — Mael-
son (F.). Deux pièces. Belles épreuves.

PEINTURES — DESSINS, etc.

ANONYME (fin du xviiiᵉ siècle.)

187. Escadre Française entrant dans un port. Aquarelle.
Encadrée.

BOGGS

188. Marine. Peinture. *Signée* avec dédicace. Toile H.
530 L. 360.

CHOCARNE-MOREAU. — BENASSIT (E.). —
LEROY (P.)

189. La Partie de cartes. A la plume. Signé.— Combat
de deux cavaliers. Signé. — Cavalier arabe,
étude signée. Encadrés.

DE DREUX (Alfred)

190. Cheval à l'écurie se cabrant. Non signé. Toile.
Encadrée. H. 0,75 L. 0,90 millim. (petite restau-
ration).

DEFAUX

191. La Blanchisseuse : cour de Ferme. Peinture.
Signée. Encadrée. Sur bois. L. 390 H. 295.

DELACROIX (Eugène)

192. Deux croquis, plume et mine de plomb.

DESFRICHES

193. Le Pont de bois. A la mine de plomb. Signé
D. *1794*.

DIAZ (N.)

194. — Un tronc d'arbre. Etude peinte sur carton.
Encadrée.

DIVERS

194 *bis*. Sujets divers. Quatorze dessins anciens, par
Parizeau, Prud'homme, Collinet, etc.

194 *ter*. Sujets divers et Paysages. Treize dessins anciens
et modernes.

195. Sujets divers. Cinquante-neuf dessins, la plupart
anciens.

195 *bis*. Sujets divers. Réunion de 130 dessins en
album.

195 *ter*. Environ 250 croquis à la plume par divers illus-
trateurs.

DUPRÉ (Jules)

196. La Route. Au crayon noir.

197. Paysage. Au crayon noir.

ÉCOLES ANCIENNES

198. Sujets divers et Paysage. Huit dessins anciens.

ÉCOLE FRANÇAISE (xviii° siècle)

199. Villa Falconnieri, à Frascati. A la pierre noire.
(Ce dessin a été attribué à Fragonard).

FILOSA (Giovanni)

200. Au Bord de la mer. Aquarelle gouachée. Signée. Encadrée.

GILBERT (Victor)

201. La Cueillette des Fleurs. Aquarelle gouachée, signée. Encadrée.

GREUZE (J. B.)

202. Tête de vieillard. Contre-épreuve d'un beau dessin à la sanguine.

GREUZE (d'après J.-B.)

203. Tête de jeune Fille — Tête de jeune Garçon. Deux dessins sanguine et crayon noir. Encadrés.

HERVIER (Adolphe) ?

204. Vieilles maisons. Peinture sur carton. Encadrée.

HULMANN (J. F.)

205. Vue de Rodelheim, 1834. Aquarelle, signée. Encadrée.

JACQUE (Charles)

206. Moutons paissant. Peinture, signée. Encadrée. Sur bois L. 225 H. 160.

LANTARA ?

207. Paysage au pêcheur. A l'encre de chine. Encadré.

LE BON (Hippolyte)

208. Marée d'équinoxe. Aquarelle, signée. Encadrée.

LEGROS (Alphonse)

209. Portrait de l'artiste, 1859. Peinture. Toile : H. 345
L. 260.

LEPÈRE (Auguste)

210. Rouen à vol d'oiseau, 1887. Aquarelle avec dédicace. L. 340 H. 195.

MINIATURE ANCIENNE

211. Martyre de St Jean — S^t opérant un miracle —
Miniature de missel du xve siècle, rehaussé d'or.

MONNIER (Henry)

212. Personnage, en pied. Belle aquarelle. Signée.

NOORDT (L. van) ?

213. La Mise au Tombeau. A la plume, lavé d'encre de
chine.

PIETTE

214. Cour de ferme 1872. Aquarelle gouachée. Signée
et datée. Encadrée.

215. Vue de ville. Aquarelle gouachée. Encadrée.

MOTEL (Jean)

216. Au Marché aux chevaux. Aquarelle, signée. Encadrée.

YON (Edmond)

217. Coin de village. Signée. Toile : H. 490 L. 330.
Encadrée.

RAFFORT (Etienne)

218. Vues de St Malo, d'Italie, Turquie, Grêce — Etudes
de figures. Vingt-trois dessins à la mine de plomb,
signés (1834-1844).

SERGENT (L.) — LE BLANT (J.)

218 *bis*. Napoléon 1ᵉʳ à la bataille de.... — Sujet d'illustration. Deux dessins à la plume, *signés*. Encadrés.

VELDE (W. van de)

219. Marine. Dessin à l'encre de chine, *signé*.

VERDUC (J.)

220. Le Vaisseau en réparation. A la plume. Signé : *J. Verduc F. 1689*.

WATELET (C. H.)

221. Bords d'un canal, entre Amsterdam et Utrecht, 1761. A l'encre de chine. *Signé* et *daté*. Encadré.

YVON (Adolphe)

222. La Vedette. Aquarelle, gouachée. *Signée*. Encadrée.

223. Sous ce numéro, il sera vendu des lots de gravures anciennes et modernes.

IMPRIMERIE FRAZIER—SOYE

153—157, RUE MONTMARTRE

PARIS

Imprimé en France
FROC032118200120
23228FR00021B/427/P